Keiko Leong

Spanish text and illustrations copyright ©1997 by La Galera.
Spanish/English bilingual copyright © 2001 by Chronicle Books.
Published by arrangement with La Galera, S.A. Editorial.
Originally published in Catalan by La Galera
under the title "La ventafocs."

Bilingual version supervised by SUR Editorial Group, Inc.
English translation by James Surges.
Bilingual typesetting and cover design by Jessica Dacher.
Typeset in Weiss and Handle Old Style.
Printed in Hong Kong.

Library of Congress Cataloging-in-Publication Data
Boada, Francesc.
Cinderella = Cenicienta / [Charles Perrault] ;
adaptation by Francesc Boada ; illustrated by Monse Fransoy.
p. cm.
Summary: Although mistreated by her stepmother and stepsisters,
Cinderella meets her prince with the help of her fairy godmother.
ISBN 0-8118-3084-5 -- ISBN 0-8118-3090-X (pbk.)
[1. Fairy tales. 2. Folklore—France. 3. Spanish language
materials—Bilingual.] I. Title: Cenicienta. II. Fransoy, Monse, ill.
III. Perrault, Charles, 1628-1703. Ventafocs IV. Cinderella. English & Spanish V. Title.
PZ74.3 .B63 2001
398.2'0944'02--dc21
00-011437

Distributed in Canada by Raincoast Books
9050 Shaughnessy Street,
Vancouver, British Columbia V6P 6E5

10 9 8 7 6 5 4 3 2 1

Chronicle Books LLC
85 Second Street, San Francisco, California 94105
www.chroniclebooks.com/Kids

CINDERELLA

CENICIENTA

ADAPTATION BY FRANCESC BOADA
ILLUSTRATED BY MONSE FRANSOY

chronicle books · san francisco

Once upon a time, there was a wealthy widower who decided to marry for a second time. The gentleman chose for his bride a woman who was very beautiful, but who happened to be the most conceited in the land. And she had two daughters who were the image of herself: beautiful, but as proud and vain as peacocks.

The gentleman, on the other hand, had a single daughter, who was as lovely as the morning and just as sweet as she could be. Indeed, she was every bit as pretty and good as her late mother, who had been the finest woman in the world.

———

Había una vez un caballero viudo y rico que se casó por segunda vez con una mujer muy bonita, pero que era también la más orgullosa del mundo. La mujer tenía dos hijas iguales a ella: bonitas pero presumidas como dos pavos reales.

En cambio el caballero tenía una sola hija, bonita como un sol y buena como ella sola. Era tan bonita y buena como lo había sido su madre, la mujer más dulce del mundo.

From the very first day, the stepmother and her daughters were extremely jealous of the girl's beauty and goodness. For this reason they treated her very badly. They had her do the dirtiest chores, made her dress in rags, and forced her to sleep all alone up in a garret. Every night, her chores finished, the unfortunate girl would slump in the cinders near the dying fire and dream of her mother, whom she dearly missed.
And so they began to call her Cinderella.

———

Desde el primer día, la madrastra y sus hijas sintieron mucha envidia de la belleza y la bondad de la chica. Por eso la maltrataban y la obligaban a hacer las tareas más sucias; la hacían vestir con harapos y dormir sola en la buhardilla. Todas las noches, al terminar sus tareas, la pobre chica se agachaba junto a las cenizas del fuego y pensaba en su madre muerta.
Por eso la llamaban Cenicienta.

One day, the King's son sent word throughout the kingdom that he wished to marry. In order to find his wife, he would hold a great ball to which every girl was invited.

The stepsisters tried one new dress and hairstyle after another, peering at themselves over and over again in the mirror. Cinderella had no choice but to help them. Sad, but never complaining, the poor girl did their hair and shined their shoes.

"I suppose you'd like to go to the Prince's ball, too?" mocked one of the stepsisters.

"Oh, but then how could you, in those revolting rags of yours? You'd be a laughingstock," sneered the other.

───

Un día, el hijo del rey anunció por todo el reino que se quería casar y que para encontrar esposa iba a dar unas grandes fiestas e invitaría a todas las chicas del reino.

Las dos hermanastras se probaron vestidos, peinados y se miraron y volvieron a mirar en el espejo. Sin más remedio, Cenicienta las ayudaba. La pobre las peinaba, les lustraba los zapatos...triste, pero sin quejarse.

—¿A ti también te gustaría ir al baile del príncipe? —le preguntaba burlándose una de las hermanastras.

—Pero ¿adónde irías con esos asquerosos harapos que vistes? Todo el mundo se reiría —le decía la otra.

When the first day of the ball arrived, the stepmother and her daughters went off to it, as high and mighty as could be.

Left alone, poor Cinderella burst into sobs she couldn't control.

"Dear girl, what's the matter?" asked her godmother. "Do you want to go to the ball, too?"

Speechless, Cinderella could only nod her head.

"Well then, my dear, go to the garden and bring back the biggest pumpkin you can find."

Cuando finalmente llegó el día del baile, la madrastra y sus hijas fueron a la fiesta muy encopetadas.

La pobre Cenicienta, al quedar sola, estalló en un llanto que no podía detener.

—¿Qué te pasa, hijita mía? —le preguntó su madrina—. ¿Tú también quieres ir al baile?

Cenicienta no podía hablar y dijo que sí con la cabeza.

—Entonces, hijita, ve al huerto y trae la calabaza más grande que veas.

The godmother—who happened to be a fairy godmother—emptied the pumpkin. She touched it with her magic wand, and instantly it became a splendid golden carriage.

Then, the fairy godmother caught six mice and changed them into six magnificent horses with shining coats the color of chestnuts.

From a mousetrap, she also pulled a big, fat mouse, which she promptly turned into an elegant coachman with a great moustache.

"Now, Cinderella, bring me six lizards from the garden," she ordered.

When she had the lizards, she touched them with her wand and transformed them into six footmen who immediately climbed up on the carriage.

~

La madrina, que era un hada, vació la calabaza, la tocó con su varita mágica, y la calabaza se convirtió en una espléndida carroza dorada.

Luego, la madrina atrapó seis ratones y los transformó en seis caballos de pelaje reluciente, de un magnífico color pardo.

De la trampa de las ratas sacó una muy grande y la convirtió en un cochero gallardo y elegante, de largos bigotes.

—Cenicienta, tráeme seis lagartijas del jardín —ordenó.

Cuando las tuvo, las tocó con su varita y convirtió las lagartijas en seis criados que se subieron de inmediato a la carroza.

Next, the fairy godmother touched Cinderella with the magic wand, and the girl's rags changed into a marvelous gown of gold, silver, and precious stones. On her feet appeared a pair of glass slippers as brilliant as the sun.

As Cinderella got into the carriage, the fairy godmother said, "Remember, you must leave before midnight. Don't forget, because at the stroke of midnight, everything will return to the way it was."

When Cinderella walked into the Palace, everyone's mouth fell open in wonder because she was the most radiantly beautiful girl there. The Prince himself stepped forward to meet her and asked her to dance. And that night he danced with no other.

Luego, la madrina tocó a Cenicienta con su varita mágica y los harapos se convirtieron en un espléndido vestido de oro, plata y piedras preciosas. Y en los pies le puso unas zapatillas de cristal, brillantes como el sol.

Cuando Cenicienta se subió a la carroza, la madrina le dijo:

—Recuerda, tienes que volver antes de medianoche. No te descuides porque entonces todo volverá a ser como antes.

Cuando Cenicienta entró en el palacio, todo el mundo se quedó con la boca abierta. Ella era la más bonita y resplandeciente de las invitadas. El hijo del rey la fue a recibir y la sacó a bailar... Y estuvo bailando con ella toda la noche.

When the great Palace clock struck a quarter to twelve, Cinderella bid the Prince good-bye and hurried out.

As soon as she reached home, she ran to thank her fairy godmother and told her that she wished to return to the ball because the Prince had asked her to.

When her stepmother and two stepsisters returned, they talked of nothing else but the exquisite stranger who had appeared. Cinderella could only laugh inside when she heard them.

Cuando el gran reloj del palacio dio las doce menos cuarto, Cenicienta le dijo adiós al príncipe y se fue sin perder tiempo.

Nada más llegar a casa, Cenicienta corrió a buscar a su madrina, le dio las gracias y le dijo que le gustaría volver al baile porque el hijo del rey se lo había pedido.

Después, cuando la madrastra y las dos hermanastras volvieron, no hacían más que hablar de aquella desconocida. Cenicienta las escuchaba, riendo por lo bajo.

The next night, the stepsisters returned to the ball. Cinderella did too, in a gown even more marvelous than the last one. Everything was as it had been the night before: all night the Prince stayed by her side and whispered sweet words in her ear.

Dancing and talking, talking and dancing, Cinderella soon forgot about her fairy godmother's warning. Suddenly, she heard the great Palace clock beginning to strike twelve and ran away from the Prince in the middle of a dance. She hurried from the Palace and hid in the forest.

A la noche siguiente, las hermanastras volvieron al baile. Y Cenicienta también; y con un vestido aún más precioso. Todo volvió a ser como la noche anterior: el príncipe no se separó de ella y no paró en toda la velada de decirle cosas bonitas.

Y bailando y hablando, hablando y bailando, Cenicienta se olvidó de lo que le había dicho la madrina. De repente oyó que el gran reloj del palacio comenzaba a tocar las doce campanadas de la medianoche. Cenicienta dejó al príncipe en medio del baile y salió corriendo del palacio para esconderse en el bosque.

In her haste, Cinderella lost one of the glass slippers. She arrived home weary, with neither footmen, nor horses, nor carriage, and once again dressed in rags. But in one hand she still clutched the other glass slipper.

The King's son, finding the slipper she had lost, said, "I will marry no girl but the one who wears this."

The next day, he sent his pages out to the homes of all the girls in the land. One after the other, they tried on the glass slipper, but it fit none of them. Cinderella's stepsisters tried as well, but in vain.

Con el apuro de la huida, Cenicienta perdió una de las zapatillas de cristal y llegó a su casa cansada, sin criados ni caballos ni carroza, y con el viejo vestido de harapos. Pero en la mano llevaba una de las zapatillas de cristal.

El hijo del rey había recogido la zapatilla perdida, diciendo:

—No me casaré sino con la chica de la zapatilla de cristal.

Al día siguiente, el príncipe envió pajes a casa de todas las chicas. Todas se probaban la zapatilla, pero ninguna podía calzársela. Las hermanastras de Cenicienta trataron de hacer entrar el pie en la zapatilla, pero también fue en vano.

When Cinderella timidly asked if she could try on the slipper, the stepsisters laughed at her, but the page told them to be quiet.

He asked Cinderella to sit down and put the slipper on her tiny foot. It went on perfectly. In fact, it fit as if it had been made just for her!

What a surprise! And how much more surprised was everyone when Cinderella took the matching slipper from a pocket and slipped it on to her other foot! The stepmother and two stepsisters couldn't believe their eyes.

Tímidamente, Cenicienta pidió que la dejaran probársela. Las hermanastras se burlaron, pero el paje las hizo callar.

El paje hizo sentar a la Cenicienta y, cuando le probó la zapatilla, vio que su piececito entraba sin dificultad. Le iba tan, tan bien, ¡que parecía hecha a medida!

¡Qué sorpresa! Y aún más cuando Cenicienta sacó de un bolsillo la otra zapatilla y se la puso en el otro pie. La madrastra y las dos hermanastras, que lo veían y no se lo creían, quedaron de una sola pieza.

At that moment, the fairy godmother returned with her magic wand and touched Cinderella, who in an instant found herself wearing yet another gown, even more resplendent than those before. Ashamed, the two stepsisters begged her forgiveness, and Cinderella, good heart that she was, forgave them, asking only that they always love her.

Cinderella and the Prince were married a few days later. Those who knew them say they lived happily ever after.

As for the two stepsisters, Cinderella in her great kindness invited them to the Palace, and before long they both married important gentlemen of the Court.

En aquel momento llegó la madrina, tocó a Cenicienta con su varita mágica y la vistió con un vestido aún más resplandeciente que los otros. Las hermanastras le pidieron perdón avergonzadas, y Cenicienta, que era muy buena, se lo concedió pidiéndoles que la amaran siempre.

El príncipe y Cenicienta se casaron a los pocos días. Dicen los que los conocieron que fueron felices para siempre.

Y a los dos hermanastras, mostrando su buen corazón, Cenicienta las hizo ir al palacio y al cabo de poco tiempo las casó con dos grandes señores de la corte.

Also in this series:

Jack and the Beanstalk

Little Red Riding Hood

Goldilocks and the Three Bears

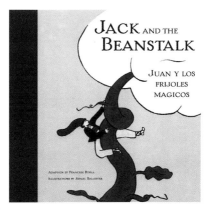 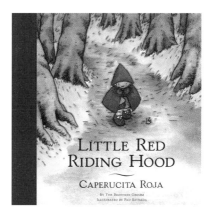 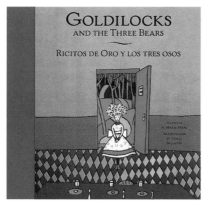

También en esta serie:

Juan y los frijoles mágicos

Caperucita Roja

Ricitos de Oro y los tres osos

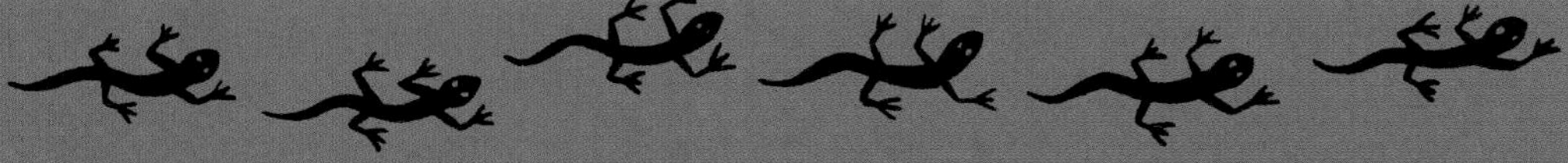